Eine der 7 Geschichten von Robert Gernhardt mit 66 Bildern von Almut Gernhardt, die 1980 als Insel-Bilderbuch erschienen sind, soll erzählt werden: *Das gute Schwein:*
Da war ein Schwein, das dachte sich: Man braucht mich nicht, man mag mich nicht, das muß sich schleunigst ändern. Ich gehe auf der Stelle fort, liebt man mich nicht an diesem Ort, dann vielleicht in andern Ländern . . .
Und so geschah es: Das Schwein ging fort, und schon war alles anders: Es traf einen Ziegenbock, dem tat der Fuß weh; es traf eine Katze, die nicht mehr laufen konnte; es traf eine Ente, die lahm war. Und alle drei riefen: Wir brauchen dich, wir lieben dich! Da war das Schwein sehr fröhlich.
»– ein Bilderbuch so zauberhaft, daß man es nicht für sich allein behalten sollte.« *Die Rheinpfalz*
»Almuts Malereien sind lyrisch, ohne jede Sentimentalität, zart und gleichzeitig von robustem Witz . . . Ein hinreißendes Buch für Kinder, Nonsensfreunde und Sammler.« *Stern*

insel taschenbuch 2012
Ein gutes Schwein
bleibt nicht allein
ein insel taschenbuch
für kinder

Ein gutes Schwein bleibt nicht allein

7 Geschichten von Robert Gernhardt

und 66 Bilder

von Almut Gernhardt

Insel Verlag

insel taschenbuch 2012
Erste Auflage 1983

Vertrieb durch den Suhrkamp Taschenbuch Verlag
Umschlag nach Entwürfen von Willy Fleckhaus
Satz: Fotosatz Service Weihrauch, Würzburg
Druck: Konkordia GmbH, Bühl/Baden
Printed in Germany

2 3 4 5 6 - 93 92 91 90 89

Missu und das Glas Milch

Da steht ein Glas auf einem Tisch.
Im Glas ist Milch, die Milch ist frisch.

Die Katze Missu ahnt so was,
noch weiß sie freilich nichts vom Glas.

Aha! Jetzt weiß die Katze mehr.
Das Glas ist voll, ihr Bauch ist leer.

Und hops! Die Katze Missu springt,
was sie dem Glase näherbringt.

Sie riecht am Glas und stellt schnell fest,
daß sich sein Inhalt trinken läßt.

Doch wie? So hat sie noch kein Glück.
Das Glas ist eng, ihr Kopf ist dick.

Ja wie? Da fällt der Katze ein:
Das Glas ist groß, die Pfote klein.

Gedacht, getan, sie stippt ins Glas,
ein Tropfen Milch ist auch schon was.

Schnell wird der Tropfen abgeschleckt,
die Pfote wieder reingesteckt.

Na bitte! Schon ist es geschafft!
Verstand geht über Muskelkraft.

Da sitzt die Katze rund und schwer:
Ihr Bauch ist voll, das Glas ist leer.

Pumpis Woche

MORDTAG

Pumpis Woche

MORDTAG

DIEBSTAG

MISTWOCH

DUMMERSTAG

SCHREITAG

KAMPFTAG

SCHONTAG

Das Apfelabenteuer

1. Guck – da stehn drei Bäume, Mann!
Gehen wir mal näher ran!

2. Na – jetzt sieht man ja schon mehr.
Wie, wenn das ein Obstbaum wär'?

3. Sieh mal an, ich glaube fast,
da hängt ein Apfel an dem Ast.

4. Ja, es hängt ein Apfel dran,
jemand schaut ihn gerade an.

5. Jemand, der sich Missu nennt
und noch keine Äpfel kennt.

6. Missu sitzt und guckt und denkt:
»Ob da was zum Essen hängt?«

7. Missu denkt und überlegt:
»Hat das Ding sich nicht bewegt?«

8. Rumms! Der Apfel fällt herunter,
und sofort wird Missu munter.

9. Mit der Pfote stellt sie fest,
daß er sich nicht essen läßt.

10. Nein, der ist ja hart wie 'n Knochen –
doch was kommt da rausgekrochen?

11. Was ist das denn für ein Tier?
Missu ist voll Wißbegier.

12. Ist es etwa eine Schlange?
Missu wird ein bißchen bange.

13. Oder ist's ein Salamander?
Missu ist ganz durcheinander.

14. Ist's ein Tier, das Katzen beißt?
Missu weiß nicht, wie es heißt.

15. Doch auf einmal fällt ihr ein:
»Das muß eine Raupe sein!«

16. Eine Raupe, grün und frech –
aufgepaßt, gleich ist sie weg.

17. Hurtig, wie auf einer Leiter
kriecht die Raupe immer weiter.

18. Klettert stramm und unbeirrt –
ob ihr da nicht schwindlig wird?

19. Guck! Gleich ist die Raupe oben!
So ein Klettern muß man loben!

20. Schau! So schnell kann sowas gehn!
Gleich kann man sie nicht mehr sehn.

21. Da! Nun ist die Raupe weg!
Missu rührt sich nicht vom Fleck.

22. Ob ihr sowas auch gelingt?
Missu zögert nicht, sie springt.

23. Hängt und denkt: »Oje, ich glaube,
ich werd' niemals eine Raupe!

24. Klettern macht mir keinen Spaß!«
Missu springt zurück ins Gras.

25. Da liegt noch das rote Ding,
das vorher am Baume hing.

26. Steckt ein zweites Tierchen drin?
Missu legt sich lauernd hin.

27. Missu denkt: »Ich hab' ja Zeit.«
Langsam kommt die Dunkelheit.

28. Müde rollt sich Missu ein –
komm, wir lassen sie allein.

29. Auch für uns ist's Zeit zu gehn,
bald kann man ja nichts mehr sehn.

30. Die Geschichte, die ist aus.
Auf! Wir laufen schnell nach Haus!

Das gute Schwein

Da war ein Schwein, das dachte sich:
Man braucht mich nicht, man mag mich nicht,
das muß sich schleunigst ändern.
Ich gehe auf der Stelle fort,
liebt man mich nicht an diesem Ort,
dann vielleicht in andern Ländern.

Das Schwein traf einen Ziegenbock,
der ging an einem Humpelstock.
»Warum denn? Darf man fragen?«
»Ach«, sprach der Bock, »mein Fuß tut weh,
mir fiel ein Stein auf meinen Zeh.«
»Dann will ich dich gern tragen.«

So trug das Schwein den Bock durchs Land,
die Katze rief vom Straßenrand:
»Ach helft mir, es ist wichtig!
Ich kann nicht laufen, nehmt mich mit –
geht es zu zweit, geht's auch zu dritt.«
»Das«, sprach das Schwein, »ist richtig.«

Die drei, die blieben nicht zu dritt,
die lahme Ente kam noch mit.
Nun langt's dem Schwein allmählich.
Doch alle riefen: »Jammer nicht,
wir brauchen dich, wir lieben dich!«
Da war das Schwein sehr fröhlich.

Das Winter-ABC

ABC - die Katze läuft im Schnee.

DEF - sie strebt zu einem Treff.

GHI – der Schnee geht bis zum Knie.

JKL – da kommt wer mit Gebell.

MNO – Wie geht es uns denn so?

PQR – Recht gut. Und euch, mein Herr?

STU – Schnee deckt die Erde zu.

VWX – mit Spielen ist wohl nix.

Y und Z – die Katze liegt im Bett.

STU – Schnee deckt die Erde zu.

VWX – mit Spielen ist wohl nix.

Y und Z – die Katze liegt im Bett.

Die Reise nach Amerika

Es war mal eine Hundeschar,
die ungemein verwegen war.

Ihr Anführer hieß Trulli und
der war ein ganz geriss'ner Hund.

Zwar war er nicht besonders groß,
doch wo er war, da war was los.

Einst ging die Hundeschar zum Strand,
wo Trulli rasch ein Schlauchboot fand.

»Schaut mal, das Boot!« schrie er sogleich,
»Jetzt fahr'n wir übern großen Teich!

Hinein ins Boot, hipp, hipp, hurrah!
Und ab geht's nach Amerika!

Ach, ihr habt Schiß? Dann laßt es sein!
Fahrt ihr nicht mit, fahr ich allein!«

Und bald saß Trulli stolz und starr
im Boot, das ganz aus Gummi war.

Gemächlich trieb der Wind es fort,
doch da war noch ein Tier an Bord.

»Ahoi!« schrie Trulli ganz empört,
»Du weißt, daß sich das nicht gehört!

Als Kapitän bestimm' ich hier,
hau ab, du blinder Passagier!«

Die Möwe lachte nur und sprach:
»Na gut, der Klügere gibt nach.

Ich fliege fort, Herr Kapitän,
was dann passiert, wirst du schon sehn!«

Erst lachte Trulli auch und schrie:
»Flieg du nur fort, du Federvieh!«

Was dann geschah, verstand er nicht:
Das Boot kam aus dem Gleichgewicht.

Der eine Teil ging in die Höh',
der andre tauchte in die See.

Das war der Teil, auf dem er saß.
Ganz plötzlich wurde Trulli naß.

Schon lag das Boot nicht mehr, es stand –
nun wäre Trulli gern an Land.

Jedoch um ihn, da ist nur Meer –
ach, daß er nie gestartet wär'!

Die See ist tief, kurz ist der Hund,
wer kurz ist, reicht nicht bis zum Grund.

Wer jetzt nicht schwimmen kann, ist dran –
doch ob der Trulli schwimmen kann?

Erst taucht er mal ins Wasser ein –
er wird doch nicht ertrunken sein?

Ach was! Er strampelt, prustet, bellt,
bis er sich über Wasser hält.

Er paddelt, rudert, japst und keucht,
bis er den trock'nen Strand erreicht.

Und alle Hunde schrein: »Sieh da!
Wie war's denn in Amerika?«

Die Ansprache des Katzenpräsidenten

Hier steht wer, den ein jeder kennt,
es ist der Katzenpräsident.

Er spricht zu hunderttausend Katzen,
die alle fast vor Neugier platzen.

»Liebe Katzen! Liebe Kater!
Ich bin euer Landesvater!

Als solcher hab' ich Tag und Nacht
stets nur an euer Wohl gedacht.

Ich schaffte, daß im letzten Jahr
stets Milch in euren Schälchen war.

Mit Leber, Lunge, Milz und Niere
versorgte ich euch, liebe Tiere.

Nur mir habt ihr es zu verdanken,
daß auch die Mäusepreise sanken.

Ihr habt ein Paradies auf Erden,
jedoch: Es soll noch besser werden!

Was wollt ihr? Eier, Hühnchen, Braten?
Ab heute dürft ihr mich beraten!

Wer hilft mir von euch Katzentieren?
Wer will von nun ab mitregieren?

Er trete vor! Jawohl! Da ist er:
Herr Pumpi, euer Freßminister!

Schenkt ihr Herrn Pumpi das Vertrauen?
Dann bitt' ich euch, laut zu miauen!«

Die Katzen aber schrien: »Jawoll!
Er ist's, der dich beraten soll!

Miau mioo, mioo miau!
Als erstes woll'n wir Karpfen blau!«

insel taschenbücher für kinder

Allerleirauh.
Viele schöne Kinderreime, versammelt von H.M. Enzensberger.
Mit zahlreichen Abbildungen. it 115

Hans Christian Andersen, Märchen.
Mit Illustrationen von Vilhelm Pedersen und Lorenz Frølich. Aus dem Dänischen von Eva-Maria Bluhm. 3 Bände in Kassette. it 133

H.C. Artmann/Barbara Wehr, Christopher und Peregrin und was weiter geschah.
Ein Bären-Roman in drei Kapiteln zu Bildern von George Martyn. Schwarzweiß. it 488

Nicola Bayley, Siebenundsiebzig Tiere und ein Ochs.
Bilder von Nicola Bayley. Geschichten von Elisabeth Borchers und Maria Dessauer. Vierfarbendruck. it 451

Nicola Bayley/Richard Adams. Die Reise der beiden Tiger.
Bilder von Nicola Bayley zu einer Geschichte von Richard Adams. Übertragen von Elisabeth Borchers. Vierfarbendruck. it 493

Monika Beisner. Das Adreßbuch für Kinder. Mit Bildern und Geschichten. Vierfarbig. it 294

Monika Beisner. Das Sternbilderbuch.
Bilder von Monika Beisner. Nacherzählungen von Ingrid Westerhoff. Vierfarbendruck. it 587

Monika Beisner/Alison Lurie, Vom wundersamen Einhorn und anderen Fabeltieren.
Bilder von Monika Beisner zu Geschichten von Alison Lurie. Aus dem Amerikanischen von Ingrid Westerhoff. Vierfarbendruck. it 2007.

Elisabeth Borchers. Das Adventbuch. Vierfarbendruck. it 449

Elisabeth Borchers/Louise Brierley. Der König der Tiere und seine Freunde.
Erstausgabe. Bilder von Louise Brierley.
Mit einer Geschichte von Elisabeth Borchers. Vierfarbendruck. it 622

Franz Brandenberg/Aliki. Alle Mann fertig?
Eine Geschichte von Franz Brandenberg mit Bildern von Aliki. Aus dem Amerikanischen von Friederun Meyer-Jürshof. Vierfarbendruck. it 646

insel taschenbücher für kinder

Joachim Heinrich Campe. Bilder-Abeze.
In 23 Fabeln und illuminierten Kupfern. Herausgegeben und mit einem Nachwort versehen von Dietrich Leube. it 135

Lewis Carroll. Alice hinter den Spiegeln.
Mit Illustrationen von John Tenniel. Übersetzt von Christian Enzensberger. it 97

Lewis Carroll. Alice im Wunderland.
Mit 42 Illustrationen von John Tenniel. Übersetzt und mit einem Nachwort versehen von Christian Enzensberger. it 42

Gertrud Caspari. Die Sommerreise.
In Verse gesetzt von Heinrich Meise. Vierfarbendruck. Nach der Originalausgabe aus dem Jahre 1905. it 416

Gertrud Caspari/Heinrich Meise. Wenn's regnet und schneit.
In dreißig Bildern von Gertrud Caspari und dreißig Versen von Heinrich Meise. Vierfarbendruck. Nach der Originalausgabe aus dem Jahre 1908. it 494

Günter Eich/Edda Kochl. Der 29. Februar.
Ein Märchen. Text von Günter Eich. Bilder von Edda Köchl. Vierfarbendruck. it 616

Das Märchen vom Zaren Saltan und Das Märchen vom goldenen Hahn.
Mit Bildern von Ivan Bilibin. Nacherzählt von Elisabeth Borchers. Vierfarbendruck. it 2002

Das Märchen vom herrlichen Falken
und andere russische Märchen mit Bildern von Ivan Bilibin. Nacherzählt von Elisabeth Borchers. Vierfarbendruck. it 487

Ein Fisch mit Namen Fasch
und andere Gedichte und Geschichten von Menschen und anderen Menschen. Von Elisabeth Borchers. it 222

Dick Gackenbach. Betti sei lieb, Betti sei brav.
Aus dem Amerikanischen von Ingrid Westerhoff. Dreifarbendruck. it 491

Wilson Gage/Marylin Hafner. Mathilde und das Gespenst.
Eine Geschichte von Wilson Gage mit Bildern von Marylin Hafner. Aus dem Amerikanischen von Friederun Meyer-Jürshof. Vierfarbendruck. it 640

insel taschenbücher für kinder

Das Geburtstagsbuch für Kinder.
Geschmückt mit Bildern von László Varvasovszky. Und mit Versen, Geschichten, Glückwünschen und Ermahnungen, ausgewählt von Elisabeth Borchers. Vierfarbendruck. it 664

Almut Gernhardt/Robert Gernhardt. Ein gutes Schwein bleibt nicht allein.
7 Geschichten von Robert Gernhardt und 66 Bilder von Almut Gernhardt. it 2012

Almut Gernhardt/Robert Gernhardt. Mit dir sind wir vier.
29 Bilder von Almut Gernhardt mit 28 Geschichten von Robert Gernhardt. Vierfarbendruck. it 2003

Robert Gernhardt/Almut Gernhardt. Was für ein Tag.
Eine Geschichte von Robert Gernhardt mit Bildern von Almut Gernhardt. Vierfarbendruck. it 544

Kate Greenaway/Elisabeth Borchers. Mutter Gans oder Die alten Ammenreime.
Mit Bildern von Kate Greenaway. Ins Deutsche gebracht von Elisabeth Borchers. it 28

Kate Greenaway. Butterblumengarten.
Mit Bildern und Versen. Ins Deutsche gebracht von Elisabeth Borchers. it 384

Kinder- und Hausmärchen, gesammelt durch die Brüder Grimm.
Mit den Zeichnungen von Otto Ubbelohde und einem Vorwort von Ingeborg Weber-Kellermann. Drei Bände. it 112/113/114

Friedrich Güll/Franz Pocci. Kinderheimat in Liedern und Bildern.
Lieder von F. Güll, Bilder von F. Pocci. it 111

Wilhelm Hauff. Märchen.
Herausgegeben von Bernhard Zeller. Mit Illustrationen von Hosemann u.a. it 216/217 in Kassette

Anne Heseler. Das liebe lange Jahr.
Bilder von Anne Heseler mit allerlei Versen. Vierfarbendruck. it 2008.

Anne Heseler. Ich schenk dir was. Was ist denn das?
Bilder von Anne Heseler zu alten Kinderversen. Vierfarbendruck. it 556

Wolfgang Hildesheimer/Rebecca Berlinger: Was Waschbären alles machen.
Bilder von Rebecca Berlinger mit einer Geschichte von Wolfgang Hildesheimer. Vierfarbendruck. it 415

insel taschenbücher für kinder

Russell Hoban. Der Mausevater und sein Sohn.
Mit Bildern von Lilian Hoban. Aus dem Amerikanischen von Ingrid Westerhoff. it 453

Heinrich Hoffmann. Der Struwwelpeter. Vierfarbendruck. it 2011

Peter Jerschow. Gorbunok, das Wunderpferdchen.
Nachdichtung von Martin Remané. Illustrationen von Klaus Ensikat. Vierfarbendruck. it 490

Dieter Kühn/Dirk Zimmer. Die Geisterhand.
Eine Geschichte von Dieter Kühn mit Illustrationen von Dirk Zimmer. it 382

Das große Lalula und andere Gedichte und Geschichten von morgens bis abends für Kinder. Zusammengestellt von Elisabeth Borchers.
Mit Illustrationen. it 91

Anita Lobel. König Hahn und Königin Henne.
Aus dem Amerikanischen von Ingrid Westerhoff. it 279

Arnold Lobel. Die Maus im Suppentopf.
Aus dem Amerikanischen von Ingrid Westerhoff. it 383

Arnold Lobel. Mäusegeschichten.
Aus dem Amerikanischen von Jörg Drews. it 173

Arnold Lobel. Vom Jungen der immer Hunger hatte.
Erzählt nach einem russischen Märchen von Cynthia Jameson. Mit Bildern von Arnold Lobel. Aus dem Amerikanischen von Ingrid Westerhoff. it 312

Bertold Löffler. Die sieben Zwerge Sneewittchens.
Vierfarbendruck. it 489

Der Löwe und die Maus
und andere große und kleine Tiere in Fabeln, Geschichten und Bildern.
Ausgewählt von Anne M. Rotenberg. it 187

Rainer Malkowski/Rolf Köhler. Die Nase.
Für Kinder erzählt nach Nicolai Gogol von Rainer Malkowski.
Mit Illustrationen von Rolf Köhler. Vierfarbendruck. it 549

Kathy Mandry/Joe Toto. Die Katz und die Maus und die Maus und die Katz.
Eine Geschichte von Kathy Mandry mit Bildern von Joe Toto. Aus dem Amerikanischen von Jörg Drews. Vierfarbendruck. it 492

insel taschenbücher für kinder

Friederike Mayröcker/Theodor Eberle. Sinclair Sofokles.
Der Baby-Saurier. Eine Geschichte von Friederike Mayröcker mit Bildern von Theodor Eberle. Vierfarbendruck. it 652

David McKee. Zwei Admirale.
Aus dem Englischen von Harry Rowohlt. Vierfarbendruck. it 417

Guillermo Mordillo. Crazy Crazy. Das Dschungelbuch.
Vierfarbendruck. it 2009.

Guillermo Mordillo. Crazy Cowboy.
Vierfarbendruck. it 2004

Guillermo Mordillo. Das Giraffenbuch.
Cartoons. Mit mehrfarbigen Abbildungen. it 37

Guillermo Mordillo. Das Giraffenbuch 2.
Cartoons. Mit mehrfarbigen Abbildungen. it 71

Guillermo Mordillo. Träumereien und andere wunderliche Geschichten.
Mit mehrfarbigen Abbildungen. it 108

Christian Morgenstern/Anne Heseler. Schnauz und Miez.
Verse von Christian Morgenstern. Mit Bildern von Anne Heseler.
Vierfarbendruck. it 2006

Hans Erich Nossack/Arturo Heras. Der König geht ins Kino.
Eine Geschichte von Hans Erich Nossack mit Bildern von Arturo Heras.
Vierfarbendruck. it 599

Neuester Orbis Pictus oder die Welt in Bildern für fromme Kinder.
Vierfarbendruck. it 9

Franz Pocci. Kindereien, Verse und Zeichnungen.
Ausgewählt und mit einem Nachwort von Dietrich Leube. it 215

Das Poesiealbum. Verse zum Auf- und Abschreiben.
Gesammelt von Elisabeth Borchers. Mit Bildern und Vignetten. it 414

Jacques Prévert/Elsa Henriquez. Weihnachtsgäste.
Ein Spiel zum Nachspielen. Eine Geschichte von Jacques Prévert mit Bildern von Elsa Henriquez. Vierfarbendruck. it 577

Wilhelm Schlote, Elisabeth Borchers. Briefe an Sarah. Vierfarbendruck. it 568

insel taschenbücher für kinder

Wilhelm Schlote. Das Elefantenbuch.
Bildergeschichten. it 78

Wilhelm Schlote. Die Geschichte vom offenen Fenster.
Vierfarbendruck. it 287

Wilhelm Schlote. Fenstergeschichten. Vierfarbendruck. it 103

Wilhelm Schlote/Elisabeth Borchers. Heute wünsch ich mir ein Nilpferd.
Text von Elisabeth Borchers. Bilder von Wilhelm Schlote. Vierfarbendruck.
it 629

Walter Schmögner. Das unendliche Buch.
Vierfarbendruck. it 40

Walter Schmögner. Das Drachenbuch.
Vierfarbendruck. it 10

Walter Schmögner. Das neue Drachenbuch. Vierfarbendruck. it 2013

Walter Schmögner. Das Guten-Tag-Buch.
Vierfarbendruck. it 496

Johanna Spyri. Heidi.
Vollständige und ungekürzte Ausgabe in einem Band. Mit Illustrationen von
Paul Hey. it 351

Jerko V. Tognola/Adelki. Das Eselchen und der Wolf.
Sechs Fabeln von Jerko V. Tognola. Aus dem Italienischen von Martin Roda
Becher. Mit Bildern von Adelki. Vierfarbendruck. it 2001

Hans Traxler. Es war einmal ein Mann.
Vierfarbendruck. it 454

Hans Traxler. Fünf Hunde erben 1 Million.
Text und Bilder von Hans Traxler. Vierfarbendruck. it 562

László Varvasovszky. Das Schneebärenbuch.
Vierfarbendruck. it 381

László Varvasovszky. Die Bremer Stadtmusikanten.
Ein Märchen der Brüder Grimm. Illustriert und für ein Schattentheater
eingerichtet. Mit einer Anleitung zum Selberbasteln. Vierfarbendruck. it 658